En couverture, photo de Menet (Cantal), prise à Montsistrier par Robert Laborie.

****

Cover photograph: Menet (in the Cantal), taken at Montsistrier by Robert Laborie.

Le Mystère du Trésor de Sistrius en Auvergne

****

The Treasure of Sistrius – A Mystery in the Auvergne

Association LA MERIDIENNE DU MONDE RURAL
93 rue Jules Ferry
19110 BORT-LES-ORGUES (FRANCE)
www.lameridiennedumonderural.fr

By Anne de Tyssandier d'Escous
Translated by Dr Simon Cole

Le Mystère du Trésor de Sistrius en Auvergne

****

The Treasure of Sistrius – A Mystery in the Auvergne

Association LA MERIDIENNE DU MONDE RURAL
www.lameridiennedumonderural.fr

Eglise romane Saint-Pierre à Menet

The Roman Church of Saint Pierre at Menet

À tous ceux qui sont sous le charme des paysages d'Auvergne.

****

For everyone who has fallen under the spell of the Auvergne landscape.

I

LE PERE ANTOINE A MONTSISTRIER

En cette fin d'après-midi d'automne 1908, près de Menet, Antoine, que tous appelaient le père Antoine, revenait de ramasser des châtaignes pour sa famille. Il avait aussi ramassé des branchages pour mieux redémarrer le feu dans le cantou, la grande cheminée de la ferme. Agé et fatigué, il prenait néanmoins toujours du plaisir à marcher et à admirer, en automne, les feuillages qui avaient de superbes couleurs d'or dans les bois d'Auvergne.

La vie n'avait pas toujours été facile pour le père Antoine. Dès l'âge de quatorze ans, alors qu'il était bon élève, il avait dû quitter l'école pour aider ses parents dans la petite ferme familiale, située non loin de Montsistrier, à Menet. Il n'avait pas eu le choix de poursuivre ses études mais il espérait que sa petite-fille Marie pourrait, elle, étudier davantage. Elle était encore petite mais elle pourrait même, plus tard, prendre le train pour aller suivre des études supérieures à Paris car les travaux de la ligne de chemin de fer, passant par Riom-ès-Montagnes, étaient achevés.

I

OLD ANTOINE AT MONTSISTRIER

At the end of that autumn afternoon in 1908, close to Menet, Antoine, known to everyone as old Antoine, returned home from collecting chestnuts for his family. He had also gathered some twigs to help rekindle the fire in the inglenook chimney, the farmhouse's large fireplace. Despite being old and tired, he always enjoyed walking and admiring the superb golden colours of the autumn foliage in the Auvergne woods.

Life had not always been easy for old Antoine. Although he was a good pupil, at the age of fourteen he had to leave school to help his parents on the small family farm, situated at Menet, not far from Montsistrier. He did not have the choice of continuing his education, but he hoped that his granddaughter Marie could complete hers. She was still young but in the future she could even take the train to continue her education in Paris, because the work on the railway line through Riom-ès-Montagnes had been finished.

Dans les années passées le vieil homme avait souvent été à pied, par des raccourcis qu'il connaissait, voir les terrassements et l'avancement du chantier pour la construction de la gare. Comme il s'intéressait à l'histoire locale, il avait suivi avec beaucoup d'intérêt, de 1900 à 1905, ces travaux qui avaient permis de découvrir dans le sol des poteries, des céramiques, des amphores ainsi que des statuettes gallo-romaines.

Le dimanche 5 juillet de cette même année 1908 il y avait eu l'inauguration de la ligne ferroviaire et de la gare de Riom-ès-Montagnes en présence du ministre des Travaux Publics. Le père Antoine n'avait pas voulu rater cet événement et il en gardait un souvenir inoubliable. Plongé dans ses pensées, le vieil homme revenait vers la ferme familiale où il habitait avec son fils, sa bru, et sa petite-fille Marie âgée de 7 ans. Celle-ci allait lui demander lors de la veillée, comme d'habitude, de lui raconter encore une fois une des histoires qui se transmettaient oralement dans la famille de génération en génération. Lui-même les avait entendues de sa grand-mère, à la veillée aussi, quand il était enfant. C'était il y a bien longtemps…

Sur le chemin de terre bordant le hameau de Montsistrier le vieil homme s'arrêta un instant. Il admira, avec un émerveillement toujours renouvelé, le magnifique panorama qu'il connaissait bien et qui s'offrait à son regard dans les derniers rayons de soleil.

In the past, the old man had often taken paths and shortcuts he knew to see the excavations and progress being made on the construction work for the station. Being interested in local history, he had enjoyed following progress on this work from 1900 to 1905, which had led to the unearthing of pottery, ceramics, amphora and Gallo-Roman statuettes.

On Sunday 5 July in this same year of 1908, the railway line and the station at Riom-ès-Montagnes had been inaugurated by the Public Works Minister. Old Antoine had not wanted to miss this event and he remembered it well. Deep in thought, the old man returned to the family farm where he lived with his son, daughter-in-law and 7-year old granddaughter Marie. As usual, during the evening, Marie would ask him yet again to tell her one of the stories that had been passed down by word of mouth from generation to generation. Just as he had heard them from his grandmother, in the evening, when he was a child. It was a long time ago…

The old man stopped for a moment on the earthen track bordering the hamlet of Montsistrier. With a renewed sense of wonder he admired the magnificent view that he knew so well, visible in the last rays of the setting sun.

Au fond de la vallée il voyait le bourg de Menet. Les constructions, que les hommes avaient réalisées au cours des générations, s'intégraient harmonieusement dans le paysage et il reconnaissait, au loin en contre bas, chaque chaumière, chaque ferme et chaque maison. Dans chacune, à un moment ou un autre, il avait été donner un coup de main pour des travaux divers. Malgré une vie de labeur il avait toujours su être disponible pour aider ceux qui avaient besoin de lui. Et, lorsqu'il rendait un service particulièrement important, tous savaient qu'il était possible de lui faire plaisir en lui offrant un livre scolaire. Il prenait toujours un réel plaisir à s'instruire par lui-même en lisant le soir, après la veillée, à la lumière de la lampe à huile, lui qui n'avait pas eu la chance de pouvoir poursuivre ses études, comme il le souhaitait, lorsqu'il était jeune.

Le père Antoine avançait sur le chemin qui menait à la ferme familiale quand il vit, de loin, la petite Marie qui essayait de faire rentrer dans le poulailler une poule récalcitrante suivie par ses poussins. Le grand-père sourit. L'enfant était vaillante et il savait qu'à son habitude elle avait dû déjà faire ses devoirs avant d'aider ses parents à la ferme.

At the bottom of the valley he saw the village of Menet. Buildings that men had constructed over the generations blended harmoniously into the landscape and far below he recognised every cottage, every farm and every house. He had been inside each, at one time or another, to lend a hand with various work. Despite a life of toil, he had always made himself available to help those who needed him. And, when he had done a particularly large job, everyone knew that he would be delighted by the gift of a school textbook. He always took real pleasure from teaching himself by reading in the evening, when all the jobs were done, by the light of the oil lamp; he hadn't had the opportunity to be able to complete his schooling as he would have wished, when he was young.

Old Antoine was walking along the track leading to the family farm when, in the distance, he saw little Marie trying to get a stubborn hen and its chicks back into the hen house. The grandfather smiled. The child was conscientious, and he knew that as usual she would have already done her homework before helping her parents on the farm.

II

LA VEILLEE AUTOUR DU CANTOU

Alors que dans la majorité des villages et des hameaux des environs de Riom-ès-Montagnes les bâtiments étaient construits avec des pierres volcaniques noires, en basalte, les murs de la ferme familiale étaient, comme pour beaucoup de maisons du bourg de Menet, construits avec des pierres blanches, du trachyte qui provenait d'une carrière proche. La toiture de la ferme était en chaume. Le père Antoine avait envisagé, plus jeune, après un début d'incendie dans la cheminée, de remplacer la couverture par des lauzes, mais cela aurait coûté trop cher. La ferme familiale avait donc conservé son toit de chaume.

L'étable était attenante à la partie d'habitation, comme souvent dans les fermes de la région, car cette proximité permettait aux personnes et aux animaux d'avoir moins froid lors des rudes hivers…

Comme tous les soirs, le repas avait cuit dans un vieux chaudron suspendu au dessus des braises et des bûches de bois dans le cantou. Cette grande cheminée de pierre était le seul luxe de la chaumière. Le feu, utile pour la cuisson du repas, réchauffait en même temps la pièce pendant la mauvaise saison.

II

AN EVENING AROUND THE FIREPLACE

While in most of the villages and hamlets in the area around Riom-ès-Montagnes the buildings were constructed using black volcanic stones, basalt, the walls of the family farmhouse, like those of many houses in the centre of Menet, were built using white stones, trachyte from a nearby quarry. The farmhouse roof was thatched. When he was younger, after a fire had started in the chimney, old Antoine had considered replacing the thatch with rough roofing slates, but that would have cost too much. The family farmhouse had therefore kept its thatched roof.

The stable was attached to the house, as so often with farms in the region, because being close together allowed both people and animals to suffer less from the cold during the harsh winters.

As every evening, the meal had cooked in an old pot hanging over the embers and logs in the inglenook fireplace. This large fireplace was the only luxury in the cottage. The fire, useful for cooking meals, also heated the room in the winter months.

LE MYSTERE DU TRESOR DE SISTRIUS EN AUVERGNE

De part et d'autre du foyer deux petits bancs de bois, noircis par la fumée, servaient de sièges mais également de coffres. Depuis des générations ces bancs étaient les places des aïeux, tout près du feu, dans la vieille ferme. Cependant le père Antoine préférait quant à lui s'asseoir, à côté de sa petite fille, sur le grand banc placé entre la table de ferme et le cantou.

Après le dîner, ce soir là, le vieil homme attendit quelques instants qu'une vache ait fini de meugler. Il n'y avait qu'une cloison de bois entre la partie d'habitation de la ferme et l'étable où les animaux se manifestaient de temps en temps bruyamment en interrompant les discussions. Les odeurs de l'étable passaient bien aussi dans l'habitation, mais cette promiscuité permettait d'avoir chaud en hiver. Quand la vache s'arrêta de meugler, le père Antoine commença son récit :

- Aujourd'hui je vais te raconter, Marie, une histoire que ma grand-mère m'a souvent racontée quand j'avais ton âge. Tes parents la connaissent bien, c'est l'histoire du trésor de Sistrius, un propriétaire gallo-romain de la région, que ma grand-mère nommait aussi Sixtius quelquefois, mais moins souvent, en racontant cette histoire.
- Cette histoire nous intéresse toujours autant ! s'exclamèrent, ensemble, les parents de Marie qui terminaient de ranger des couverts usagés dans le grand tiroir de la table de ferme.

On each side of the nook were two small, smoke-blackened wooden benches, used as seats and also as chests. For generations these benches were seats for the older generations, close to the fire, in the old farmhouse. However old Antoine preferred to sit next to his granddaughter on the large bench set between the farmhouse table and the fireplace.

That evening, after dinner, the old man waited for a few moments until a cow finished mooing. There was only a wooden partition between the farmhouse and the stable, where the animals sometimes made their presence felt by noisily interrupting their discussions. Smells from the stable also carried into the house, but this lack of privacy provided warmth in winter. When the cow had finished mooing, old Antoine started his tale:

"Today, Marie, I am going to tell you a story that my grandmother often told me when I was your age. Your parents know it well, it's the story of the treasure of Sistrius, a Gallo-Roman landowner in the region, whom my grandmother occasionally also called Sixtius when telling the story."

"We still find this story just as interesting", exclaimed Marie's parents together as they finished putting the cutlery away in the large draw in the farmhouse table.

- Alors je vais vous la raconter... Mais, avant, je tiens à rappeler qu'il y a plus de trente ans, après la découverte de trois antiques épées de l'âge du bronze, dans une fente de rocher près de Menet, à Alies, des anciens disaient qu'il y avait dans la région plus de trésors enterrés de toutes les époques que ce que l'on pouvait imaginer.

- Oui, et même récemment les travaux de ces dernières années à Riom-ès-Montagnes ont permis de mettre à jour des poteries et des objets de l'époque gallo-romaine, ajouta le père de Marie.

- J'y ai pensé aujourd'hui quand j'ai planté un petit arbuste au fond du potager et je reconnais que cela m'a donné du cœur à l'ouvrage pour creuser, dit sa femme en secouant son tablier avant de s'asseoir.

- Il faut creuser profondément pour trouver un trésor, observa le père Antoine. Encore que mon cousin Pierre, en se promenant avant son mariage près de Valette avec Jeannette, avait trouvé dans un champ des morceaux de poterie gallo-romaine...

Après quelques instants, il commença son histoire tandis que le feu, dans lequel son fils venait de mettre une nouvelle bûche, se remettait à crépiter dans le cantou...

"Then I am going to tell it to you... But first I remember that over thirty years ago, after three ancient, bronze-age swords were discovered in a rock cleft, at Alies near Menet, the elders said there were more buried treasures in the region dating from every era you could imagine."

"Yes, and even recently, the work carried out in the last few years at Riom-ès-Montagnes has added to the pottery and objects from the Gallo-Roman era", added Marie's father.

"I thought about it today when I planted a small shrub at the end of the vegetable patch and realised that this encouraged me to dig", said his wife, shaking out her apron before sitting down.

"You have to dig deep to find treasure", observed old Antoine. "Although my cousin Pierre did find fragments of Gallo-Roman pottery in a field, while out walking with Jeannette near Valette before his wedding."

After a few moments, he began his story while his son put a new log on the fire, which started crackling again in the fireplace…

III

LES EPEES DU PRINCE GUERRIER

Il y a bien longtemps, commença le père Antoine, il y avait à l'emplacement actuel de Riom-ès-Montagnes un ensemble de petites maisons, construites en bois et avec des toitures de chaume, à proximité d'un gué. Celui-ci permettait à des voyageurs qui affrontaient bien des difficultés, et parfois même des brigands, de traverser la rivière et de faire du commerce.

A quelques kilomètres de là, sur la hauteur, à l'emplacement de Montsistrier, qui ne s'appelait pas alors Montsistrier, il y avait plusieurs chaumières en bois et en paille autour d'une grande maison avec des murs de pierre, une toiture en tuiles romaines et de très nombreuses pièces. Cette vaste maison était une villa gallo-romaine située au centre d'un domaine prospère.

L'ensemble des bâtiments formait un petit hameau dans la campagne et était entouré d'une palissade de bois. Celle-ci avait un rôle de fortification et comportait une entrée principale, par une grande porte, donnant sur des champs. Depuis cette lointaine époque les champs qui étaient situés à proximité de cette porte ont conservé le nom de "champs de la porte" et continuent à être mentionnés sous ce nom sur le cadastre…

III

SWORDS OF THE WARRIOR PRINCE

"A very long time ago", began old Antoine, "where Riom-ès-Montagnes is situated today, there was a group of small wooden houses with thatched roofs close to a ford. This enabled travellers who encountered difficulties, and sometimes even robbers, to cross the river and conduct their trade.

A few kilometres from there, higher up, where Montsistrier now sits, although it wasn't called Montsistrier then, there were several wood and straw cottages surrounding a large house with stone walls, a roof of curved tiles and a great many rooms. This huge house was a Gallo-Roman villa sitting at the centre of a prosperous estate.

The group of buildings formed a small hamlet in the countryside and was surrounded by a wooden stockade. This served as a fortification and included a main entrance, though a large gateway giving onto the fields. Ever since this far-off time the fields located close to this gateway have kept the name "gate fields" and are still listed by this name in the land registry.

Sistrius, ou Sixtius car le nom n'est pas très bien défini, était un riche propriétaire qui habitait la belle villa gallo-romaine. Dans celle-ci il y avait non seulement beaucoup de pièces mais aussi des mosaïques et, parait-il, beaucoup d'objets beaux et précieux. Les chaumières autour de cette grande villa étaient, elles, très modestes et habitées par les serviteurs.

Sistrius avait épousé une jeune femme d'une beauté éblouissante. Il en était tombé amoureux quand il l'avait rencontrée, un jour de printemps, alors qu'il chassait dans les environs du lac de Menet. C'était la fille unique d'un riche propriétaire de la région dont on disait qu'un ancêtre très lointain était un prince guerrier venu du nord des Alpes.

Le père de cette jeune femme possédait dans son domaine, près de l'emplacement actuel d'Alies, plusieurs épées de bronze de ce prince. Sa famille les avait conservées précieusement depuis de nombreux siècles. Sistrius avait vu ces belles épées, en bronze avec des parties en os, dont aurait dû hériter plus tard sa femme. Mais, un an à peine après leur union, celle-ci mourut en donnant naissance à deux petits garçons. Ces jumeaux, nés en plein hiver, dans des conditions difficiles, n'avaient pas survécu.

THE TREASURE OF SISTRIUS – A MYSTERY IN THE AUVERGNE

Sistrius, or Sixtius since the name is not very well defined, was a rich landowner who lived in the beautiful Gallo-Roman villa. Here there were not only a large number of rooms but also mosaics and, it seems, a good many beautiful and precious objects. The cottages surrounding this large villa were themselves very modest and the homes of servants.

Sistrius had married a stunningly beautiful young woman. He fell in love with her when he met her, one spring day, while he was hunting in the area around the lake at Menet. She was the only daughter of a rich landowner in the region, of whom it was said that a very distant ancestor was a warrior prince who had come from the north of the Alps.

On his estate close to the current site of Alies, this young woman's father owned several bronze swords belonging to this prince. His family had kept them carefully over many centuries. Sistrius had seen these beautiful swords, made of bronze with parts made of bone, which his wife would one day inherit. But, scarcely a year after their wedding, she died giving birth to two little boys. These twins were born under difficult conditions in mid-winter and had not survived.

Après cette épreuve, Sistrius resta inconsolable et ne voulut pas prendre une autre épouse. Il se consacra à son domaine et à ses chevaux tout en étant attentif à ceux qui l'entouraient. Quant aux antiques épées du prince guerrier, elles restèrent dans le domaine de la belle-famille de Sistrius, près d'Alies à Menet.

A la mort du beau-père de Sistrius, les épées disparurent et personne ne les revit durant de nombreux siècles. Cependant, j'ai eu connaissance en 1872, par mon cousin d'Aurillac qui est passionné par l'histoire régionale, de la parution dans la Revue Archéologique d'une description de trois épées de l'âge du bronze découvertes à Alies. Et, je me demande si ce ne sont pas celles du prince guerrier venu du nord des Alpes, lointain ancêtre de la femme de Sistrius…

After this ordeal, Sistrius was inconsolable and had no desire to marry again. He devoted himself to his estate and his horses, while taking care of those around him. And the warrior prince's antique swords remained on his in-laws' estate, near Alies at Menet.

When Sistrius's father-in-law died the swords disappeared and nobody saw them again for a good many centuries. However, in 1872 my cousin from Aurillac, who is a keen local historian, told me that the Archaeological Review had published a description of three bronze age swords discovered at Alies. And I wondered if these weren't the swords that belonged to the warrior prince who came from the north of the Alps, distant ancestor to the wife of Sistrius…

IV

LE TRESOR DE SISTRIUS

Revenons à une époque plus récente, même si cela nous reporte, tout de même, plus de quinze siècles dans le passé, dit le père Antoine après une courte pause.

Parmi les serviteurs de Sistrius, il y en avait un qui était un très lointain ancêtre du grand-père de ma grand-mère. Sistrius avait toute confiance en lui. Notre aïeul était chargé de s'occuper des chevaux et avait pour nom ou surnom Epon, peut-être du nom de la déesse gauloise Epona, protectrice des chevaux….

La vie se déroulait paisiblement dans le domaine de Sistrius quand, un jour, un inconnu arriva exténué au gué, près du hameau de chaumières situé à l'emplacement de Riom-ès-Montagnes. L'inconnu affirma qu'une bande de pillards allait arriver. Ces hommes, disait-il, semaient la terreur et détruisaient tout. De loin il avait vu qu'ils avaient brûlé sa chaumière pendant qu'il se sauvait. Comme ces pillards s'arrêtaient pour tout voler et saccager sur leur passage, l'inconnu indiqua qu'il devait avoir deux jours environ d'avance sur eux.

IV

THE TREASURE OF SISTRIUS

Let us return to more recent times, even if that still takes us back more than fifteen centuries into the past", said old Antoine after a brief pause.

Among Sistrius's servants there was one who was a very distant ancestor of my grandmother's grandfather. Sistrius trusted him completely. Our ancestor was given the task of looking after the horses and his name or nickname was Epon, perhaps from the name of the Gallic goddess Epona, protector of horses….

Life passed peacefully on Sistrius's estate when one day, a stranger arrived exhausted at the ford, close to the hamlet of cottages located on the site of Riom-ès-Montagnes. The stranger said that a band of looters had arrived. These men, he said, were spreading terror and destroying everything. From a distance he had seen them burn down his cottage while he saved himself. As these looters had stopped to steal everything and wreck everything in their path, the stranger said he thought he was about two days ahead of them.

La nouvelle de ce danger imminent se répandit vite aux alentours. Dans le domaine de Sistrius les hommes consolidèrent la fortification de bois. Les femmes les rejoignirent pour les aider, après avoir préparé un maigre balluchon pour le cas où elles auraient à se réfugier, avec les plus jeunes enfants, dans les bois. Tous étaient très inquiets.

Le soir, à la tombée de la nuit Sistrius fit appeler Epon et lui parla à peu près en ces termes :

- Epon, si le danger devient trop important ta femme et ton petit garçon se réfugieront avec les autres femmes et les autres enfants dans les bois. Les hommes resteront ici tant que cela sera possible pour protéger le domaine. Cependant, il faut que tous puissent se sauver en cas de nécessité. Nourris bien les chevaux et tiens les prêts pour que les hommes du domaine puissent, en les prenant, échapper aux pillards qui, eux, doivent avoir des chevaux fatigués…Si nous sommes obligés de partir, tu m'accompagneras. Je monterai ma jument préférée et tu prendras sa sœur, qui est très vive aussi. Mais, maintenant, je vais avoir besoin de toi car je ne voudrais pas que les pillards volent mes trésors les plus précieux. Il faut que tu me promettes que, de mon vivant, tu n'indiqueras à personne l'endroit où nous allons les cacher cette nuit.
- Oui, maître, répondit Epon qui était un serviteur dévoué.

News of this imminent danger spread quickly in the surrounding area. On Sistrius's estate, the men reinforced the wooden fortifications. The women came to help them, after preparing a meagre hamper of food and clothes in case they had to take refuge in the woods with the younger children. Everyone was very anxious.

At nightfall that evening, Sistrius summoned Epon and spoke to him much like this:

"Epon, if it gets too dangerous, your wife and little boy will take refuge with the other women and children in the woods. The men will stay here as long as it is possible to protect the estate. However, everyone must be able to save themselves if necessary. Feed the horses well and keep them ready so that men on the estate can take them to escape from the looters, whose horses will be tired…If we have to leave, you will come with me. I will ride my favourite mare and you will take its sister, which is also very quick. But now I am going to need you because I would not like the looters to steal my most treasured possessions. You must promise me that, while I am alive, you will tell no-one about the place where we will hide them tonight."

"Yes, Master", replied Epon, who was a devoted servant.

Cette nuit-là, quand les serviteurs regagnèrent leurs chaumières, Sistrius et Epon rassemblèrent de très beaux objets dans une salle de la villa gallo-romaine. Cette salle était proche de la porte principale. En faisant attention de ne pas être vus ni suivis, ils sortirent les précieux objets dans de grands sacs de toile et ils les chargèrent sur un âne ainsi que des outils. Epon ouvrit doucement la grande porte de la palissade de bois et la repoussa sans bruit. La nuit était claire car c'était presque la pleine lune.

Tous deux marchèrent à côté de l'âne pendant un long moment. Arrivés près de deux hêtres, distants l'un de l'autre de sept pas environ, Sistrius demanda à Epon de creuser un grand trou à mi-distance entre ces deux arbres.

Quand le trou fut assez profond, ils déposèrent les sacs contenant les riches objets de la villa gallo-romaine de Sistrius et Epon remit de la terre dessus en la tassant bien. Il éparpilla le reste de terre aux alentours puis il dissimula la terre fraîchement retournée sur le trou avec de la mousse et des branchages.

Les deux hommes et l'âne revinrent aussi discrètement qu'ils étaient sortis.

That night, when the servants returned to their cottages, Sistrius and Epon gathered the most beautiful objects together in one room of the Gallo-Roman villa. This room was close to the main gate. Making sure they were neither seen nor followed, they took the precious objects out in large canvass sacks and loaded them onto a donkey with some tools. Epon opened the large gate in the wooden stockade and noiselessly pushed it back. The night was light because it was nearly the full moon.

The two men walked beside the donkey for a long time. Arriving close to two beech trees, one about seven paces from the other, Sistrius asked Epon to dig a large hole midway between these two trees.

When the hole was deep enough they put the sacks containing the splendid objects from Sistrius's Gallo-Roman villa into it and Epon refilled the hole with earth, treading it down thoroughly. He scattered the rest of the soil round about and then concealed the freshly-dug earth over the hole with moss and branches.

The two men returned with the donkey as discreetly as they had left.

Epon ramena l'âne à l'étable avant de rejoindre la chaumière où sa femme l'attendait en veillant leur petit garçon. En le voyant arriver aussi tardivement, en pleine nuit, elle se douta qu'Epon était détenteur d'un secret mais il ne parla pas.

Page 33: Dessins de trois épées de l'âge du Bronze, en bronze avec des appliques en os, trouvées au XIXème siècle à Menet dans le Cantal.
(dessins parus dans la Revue Archéologique de 1872)

Epon took the donkey to the stable before returning to the cottage where his wife was waiting for him while looking after their little boy. Seeing him arrive so late, in the middle of the night, she suspected that Epon was keeping a secret but he said nothing.

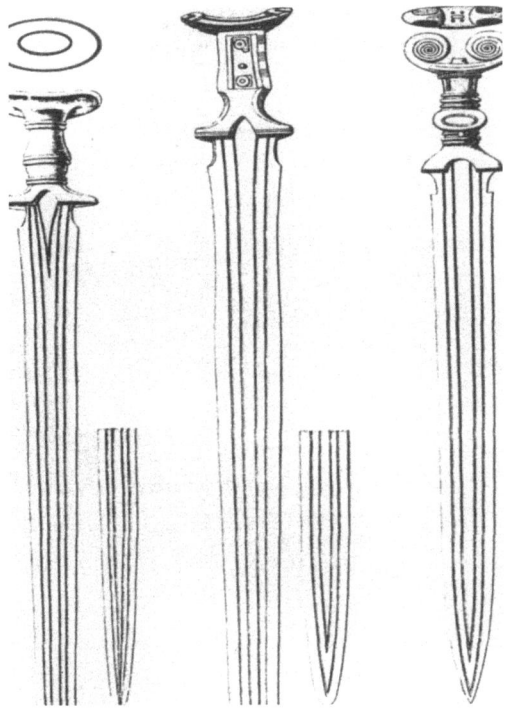

Sketches of three Bronze Age swords,
made of bronze with bone inlay, found
in the 19th century at Menet in the Cantal.
(sketches published in the Archaeological Review of 1872)

V

LE PILLAGE DU DOMAINE

A la mi-journée, le lendemain, Sistrius réunit tous ses serviteurs et leur dit :

- J'espère que les pillards passeront leur chemin et ne viendront pas ici. Cependant le danger apparaît trop grand et il vaut mieux tout prévoir. Les femmes et les enfants vont aller se réfugier dans les bois tandis que les hommes vont rester avec moi pour assurer la défense du domaine.

Les adieux furent difficiles car tous craignaient de ne pas retrouver vivants certains membres de leur famille et des amis après le passage et les exactions des pillards. Néanmoins, dans l'heure, il n'y eut plus ni femme ni enfant à l'intérieur de la palissade de bois et les hommes se préparèrent à défendre la fortification. Sistrius organisa cette nuit-là des tours de garde car les pillards ne devaient plus être loin et ils risquaient d'attaquer le domaine.

La nuit fut cependant calme. Mais, le lendemain matin, les serviteurs virent des chaumières qui brûlaient au loin.

V

THE ESTATE IS LOOTED

In the middle of the following day, Sistrius called all the servants together and said to them:

"I hope that the looters will go on their way and will not come here. However, the danger seems too great and it would be better to plan for everything. The women and children are going to take refuge in the woods while the men will stay with me to defend the estate."

Farewells were difficult because everyone feared they would not find some members of their family and friends alive following the passage and brutality of the looters. Nonetheless within an hour there were neither women nor children inside the wooden stockade and the men were preparing to defend the fortification. That night Sistrius organised a rota for guard duty because the looters might not be far away and they could attack the estate.

However the night was quiet. But the following morning the servants saw cottages burning in the distance.

Quelques heures plus tard les premiers pillards commencèrent à arriver à proximité de la fortification du domaine de Sistrius. Il y eut de durs combats et ils furent repoussés. Mais des cavaliers continuaient d'arriver. Les serviteurs de Sistrius étaient effrayés par l'allure de ces pillards, qui avaient l'air de sauvages, et qui étaient beaucoup plus grands que les hommes de la région.

Des pillards ayant mis le feu à la partie nord de la palissade, la défense de la fortification de bois ne pouvait plus être assurée. Sistrius et ses serviteurs s'enfuirent alors sur des chevaux par la porte principale. Quelques pillards essayèrent de les poursuivre mais la majorité, malgré le feu, se précipita à l'intérieur de la fortification pour voler tout ce qui pouvait être volé.

Pendant plusieurs jours Sistrius et Epon chevauchèrent pour se mettre à l'abri de tout danger et ils se nourrirent de ce que la nature leur permettait de trouver… Ce n'est que quand ils pensèrent que tout danger était écarté qu'ils revinrent dans la région.

Ils se rapprochèrent de Menet en passant par la voie romaine du bois de Cournil à Collandres. Des paysans, rencontrés à la sortie du bois, leur apprirent que les pillards étaient partis peu après que le domaine ait été dévasté. Le chemin était libre maintenant…

A few hours later the first looters began to arrive near the fortification around Sistrius's estate. There was fierce fighting and they were pushed back. But horsemen continued to arrive. Sistrius's servants were frightened by the appearance of these looters, who seemed to be savages and who were much bigger than men from the region.

The looters set fire to the northern part of the stockade and it was no longer possible to defend the wooden fortification. Sistrius and his servants then fled on horseback through the main gate. A few looters tried to follow them but the majority, despite the fire, hurried inside the fortification to steal everything that could be stolen.

Sistrius and Epon rode for several days to get away from any danger and ate whatever nature allowed them to find... It was only when they thought that any danger had passed that they returned to the region.

They came closer to Menet, taking the Roman road from the Cournil wood to Collandres. Farmers they met as they emerged from the wood told them that the looters had left shortly after the estate had been devastated. The way was now clear...

Sistrius et Epon furent les premiers à rejoindre le domaine, mais à leur arrivée ils ne trouvèrent plus qu'un champ de ruines. Dans les semaines qui suivirent, les serviteurs, les femmes et les jeunes enfants sortirent de leurs cachettes dans les bois et revinrent progressivement au domaine.

Les chaumières furent reconstruites autour d'une chaumière plus grande qu'occupa Sistrius. Celui-ci, profondément affecté par le saccage des pillards, ne voulut pas faire reconstruire une nouvelle villa gallo-romaine, mais il fit rapidement édifier une importante palissade de bois autour des chaumières de son domaine. A la base extérieure de cette palissade il fit entasser des pierres, pour limiter les risques d'incendie.

Néanmoins, Sistrius était inquiet et il craignait que, dans le cas d'une autre agression par des pillards, cette nouvelle fortification ne soit pas suffisante pour assurer une sécurité efficace…

Les années passèrent sans autre attaque du domaine de Sistrius. Pendant cette longue période Epon, fidèle à sa promesse, ne parla à personne des objets précieux que Sistrius n'avait pas voulut déterrer de peur d'un nouveau pillage.

Le fils d'Epon, devenu grand, aida celui-ci pour l'entretien des chevaux du domaine et il fonda une famille avec une jeune employée de la propriété.

Sistrius and Epon were the first to return to the estate, but on their arrival they found only a field of ruins. During the following weeks, the servants, women and young children came out of their hiding places in the woods and gradually returned to the estate.

The cottages were rebuilt around a larger cottage that Sistrius occupied. Sistrius, profoundly affected by the looters' destruction, did not want to have a new Gallo-Roman villa built, but quickly erected a substantial wooden stockade around the cottages on his estate. On the outside at the base of this stockade he had stones heaped up, to limit the risk from fire.

Nevertheless, Sistrius was worried and feared that, if these looters attacked again, this new fortification might not be sufficient to be effectively secure…

The years passed without another attack on Sistrius's estate. Throughout this long period Epon, loyal to his promise, spoke to no-one about the precious objects that Sistrius had not wanted to dig up for fear of further looting.

Epon's son, having now grown up, helped his father to keep the estate's horses and started a family with a young woman employed on the estate.

VI

LE SECRET DE SISTRIUS

Quand Sistrius, âgé et malade, sentit sa fin proche, il indiqua à Epon qu'il avait deux neveux qui hériteraient ensemble du domaine. Il demanda au vieux serviteur de ne révéler le secret de l'emplacement de son trésor enterré qu'à celui des deux nouveaux maîtres du domaine qui serait le plus méritant. Pour Epon c'était une charge très lourde qui lui était confiée, mais il souhaitait malgré tout s'en acquitter consciencieusement.

Les neveux de Sistrius ne vinrent néanmoins que rarement au domaine dont ils avaient hérité car ils possédaient de belles et confortables villas gallo-romaines dans les environs d'Issoire. Epon, les ayant peu rencontrés, ne pouvait pas déterminer quel était le neveu de son défunt maître qui était le plus méritant. Il attendait de mieux les connaître afin de pouvoir respecter la volonté de Sistrius.

Plusieurs mois s'écoulèrent et Epon, lui-même âgé, tomba malade. Il espérait guérir et remplir sa mission mais un jour, alors que les nouveaux maîtres du domaine étaient, comme d'habitude, absents du domaine, il comprit que cela ne lui serait pas possible.

VI

SISTRIUS'S SECRET

When Sistrius, old and infirm, felt that his end was near, he told Epon that he had two nephews who would inherit the entire estate. He asked his old servant to reveal the secret location of his buried treasure only to the more worthy of the two new masters of the estate. For Epon this was a very heavy burden to bear, but despite everything he wanted to carry it out conscientiously.

Sistrius's nephews only came rarely to the estate they had inherited because they owned beautiful, comfortable Gallo-Roman villas in the area around Issoire. Epon, having scarcely met them, could not decide which was the most worthy nephew of his dead master. He waited to get to know them better in order to be able to respect Sistrius's wishes.

Several months went by and Epon, himself old, fell ill. He hoped he would get better and fulfil his mission one day, although the estate's new masters were, as usual, away from the estate, and he realised it would not be possible for him.

LE MYSTERE DU TRESOR DE SISTRIUS EN AUVERGNE

Epon, se rendant compte qu'il allait mourir en emportant avec lui le secret du lieu où était enterré le trésor de Sistrius, décida de le confier à son fils qui, près de lui, le veillait. En manquant de souffle, il commença le récit de l'histoire que je vous ai raconté. Il avait du mal à parler. Quand son fils lui demanda plus de précisions sur l'endroit où était caché le trésor de Sistrius, Epon ne put répondre. Il venait de mourir.

Le fils d'Epon considéra qu'aucun des neveux de Sistrius n'était méritant car tous deux se désintéressaient du domaine. Il décida de ne pas rechercher, pour eux, l'endroit où était caché le trésor de leur oncle. De plus, cela n'aurait pas été facile. L'environnement avait évolué. Après le saccage du domaine par les pillards, beaucoup de hêtres avaient été coupés pour édifier la nouvelle palissade. Des arbres avaient aussi été coupés durant de nombreuses années pour le chauffage en hiver tandis que d'autres avaient poussé...

Le trésor enterré n'étant pas cherché, ni trouvé par hasard, le fils d'Epon décida de ne confier ce secret à aucun des neveux de Sistrius... Mais lui-même, lorsqu'il fut très âgé, en parla à son propre fils. Et c'est ainsi que, de génération en génération, l'histoire du trésor de Sistrius se transmit dans la famille.

Epon, recognising that he was going to die, taking with him the secret of the place where Sistrius's treasure was buried, decided to entrust it to his son, who was close by watching over him. Being short of breath, he began to tell the story that I have told you. It was difficult for him to speak. When his son asked him for more details about the place where Sistrius's treasure was hidden, Epon could not reply. He had just died.

Epon's son considered that neither of Sistrius's nephews was worthy, as neither of them was interested in the estate. He decided, on their behalf, not to look for the place where their uncle's treasure was hidden. What's more, it would not have been easy. The landscape had changed. After the estate had been destroyed by the looters, a good many beech trees had been felled to build the new stockade. Trees had also been felled over many years for heating in winter while others had grown…

As the buried treasure was neither looked for nor found by chance, Epon's son decided not to confide this secret to either of Sistrius's nephews… But he himself, when he was very old, spoke of it to his own son. And so it was that, from generation to generation, the story of Sistrius's treasure was passed down in the family."

Le père Antoine s'arrêta de parler tandis que le feu terminait de se consumer dans le vieux cantou. Sa petite-fille était rêveuse et elle se disait qu'un jour, au même endroit, elle pourrait raconter cette belle histoire à ses petits-enfants... Mais, elle ne savait pas qu'elle irait vivre et travailler à Paris, qu'elle s'y marierait, que son mari aurait un accident jeune et qu'elle n'aurait pas d'enfant.

La vieille chaumière familiale, abandonnée, tomba en ruine et fut vendue. Ses pierres furent utilisées pour la construction d'une grange près de Montsistrier. Quant à la petite-fille du père Antoine, elle vint chaque été passer ses vacances dans la région...

Old Antoine stopped speaking while the fire finished burning itself out in the old inglenook fireplace. His granddaughter dreamily said to herself that one day, in the same place, she could tell this lovely story to her grandchildren… But little did she know that she would go to live and work in Paris, that she would be married there, that her husband would have an accident when he was young and that she would not have children.

The old family cottage, abandoned, fell into ruin and was sold. Its stones were used to build a barn near Montsistrier. As for old Antoine's granddaughter, she came to spend her holidays in the region every summer…

LE MYSTERE DU TRESOR DE SISTRIUS EN AUVERGNE

*Buste d'Ernest Tyssandier d'Escous,
rénovateur de la race bovine de Salers*

****

*Bust of Ernest Tyssandier d'Escous,
who restored the Salers cattle breed*

VII

A SALERS

Alors que Marie était devenue une vieille dame, et qu'elle séjournait, en juillet 1969, dans un gîte près de Salers, elle rencontra une jeune fille en vacances avec son grand-père. Tous deux discutaient avec une dame élégante d'un certain âge, assise sur un banc, sur la grande place de Salers.

Dans les jours qui suivirent, Marie revit la jeune fille en compagnie de son grand-père dans un commerce de la cité de Salers où ils faisaient des courses. Ils sympathisèrent tous les trois et le vieil homme proposa qu'ils se retrouvent un jour, pour déjeuner ensemble, dans un restaurant de Salers. Durant ce repas composé de plats typiquement auvergnats, où le pounti et la truffade furent particulièrement appréciés, Marie, qui n'avait pas d'héritier, décida de leur confier ce à quoi elle tenait le plus, l'histoire du trésor de Sistrius en Auvergne.

VII

AT SALERS

When Marie had herself become an old lady and was staying in a gîte near Salers in July 1969, she met a young girl on holiday with her grandfather. The two of them sat talking with an elegant lady of a certain age, seated on a bench in the large square in Salers.

Over the following days, Marie saw the young girl with her grandfather again in a shop in the centre of Salers, where they were doing their shopping. All three of them got on well and the old man suggested that they meet one day, to have lunch together in a restaurant in Salers. During this meal of typically Auvergnat dishes, such as the pounti and truffade that they especially enjoyed, Marie, who had no heirs of her own, decided to confide in them the thing she held most dear, the story of Sistrius's treasure in the Auvergne.

Après le déjeuner, Marie proposa au vieil homme et à sa petite fille de faire une promenade dans la cité de Salers au riche passé. Ils admirèrent la grande place, les belles demeures de caractère construites en basalte et, tout en marchant dans les ruelles pittoresques, ils passèrent devant la maison dite des Templiers. La porte était entrouverte sur l'entrée d'une belle galerie qui comportait des éléments en clés de voûte sculptés dans la pierre. Ils s'arrêtèrent un instant puis se dirigèrent vers l'esplanade de Barrouze. Celle-ci, à l'emplacement d'une partie des anciens remparts de la cité, permit aux trois amis, le temps étant très clair, d'avoir une superbe vue sur les montagnes environnantes et le panorama grandiose.

- Il y a bien des trésors en Auvergne… mais le plus beau d'entre eux c'est la nature qui, ici, est vraiment préservée, observa le vieil homme en se tournant en souriant vers Marie. Celle-ci acquiesça tout en pensant qu'il y avait aussi le trésor de Sistrius…

Tous trois revinrent ensuite vers la grande place et, à proximité du buste de bronze du rénovateur de la race bovine de Salers érigé sur un bloc de basalte, ils se séparèrent à regret en se promettant de se revoir en Auvergne durant de prochaines vacances.

****

After lunch, Marie suggested that the old man and his granddaughter took a stroll in the centre of Salers with its rich past. They admired the large square, the lovely character houses built with basalt and, while walking in the picturesque lanes, they passed in front of the building known as the Templars' house. The door was ajar to the entrance of a beautiful gallery with cornerstones sculpted in the stone. They stopped for a moment and then headed towards the Barrouze esplanade. This was situated on part of the ancient town ramparts and, the weather being very clear, gave the three friends a superb view over the surrounding mountains and the imposing panorama.

"There have indeed been treasures in the Auvergne… but the loveliest of them is nature that, here, is truly preserved", observed the old man as he turned and smiled towards Marie. She agreed while thinking that there was also Sistrius's treasure…

All three of them then returned to the large square and, near the bronze bust of the man who saved the Salers cattle breed, erected on a block of basalt, they regretfully went their separate ways, promising to see each other again in the Auvergne during future holidays.

****

TABLE DES MATIERES

LE MYSTERE DU TRESOR DE SISTRIUS EN AUVERGNE

Chapitre I :
Le père Antoine à Montsistrier   page 8

Chapitre II :
La veillée autour du cantou   page 14

Chapitre III :
Les épées du prince guerrier   page 20

Chapitre IV :
Le trésor de Sistrius   page 26

Chapitre V :
Le pillage du domaine   page 34

Chapitre VI :
Le secret de Sistrius   page 40

Chapitre VII :
A Salers   page 48

****

CONTENTS

THE TREASURE OF SISTRIUS - A MYSTERY IN THE AUVERGNE

Chapter I:
Old Antoine at Montsistrier   page 9

Chapter II:
An evening around the fireplace   page 15

Chapter III:
Swords of the warrior prince   page 21

Chapter IV:
The treasure of Sistrius   page 27

Chapter V:
The estate is looted   page 35

Chapter VI:
Sistrius's secret   page 41

Chapter VII:
At Salers   page 49

****

Éditeur : Books on Demand GmbH,
12/14 rond point des Champs Élysées, 75008 Paris, France
Impression : Books on Demand GmbH, Norderstedt, Allemagne
ISBN : 9782322096770
Dépôt légal : août 2016